229

113

73

23

11

443

61

277

19

67

151

401

347

29

11

173

47

學 的 男孩

19

保羅‧艾狄胥
不可思議的生命歷程

97

61

黛博拉‧海麗曼／文
范雷韻／圖
黃筱茵／譯

569 73

小山丘

5 13 17 23 41 67 7

從前從前，有一個熱愛數學的男孩。
他長大以後變成世界上偉大的數學家之1。
這一切，都要由一個大問題說起……

79 107 113 139 149 157

保羅・艾狄胥和他媽媽一起住在匈牙利的布達佩斯。
媽媽對保羅的愛有無限大。保羅對媽媽的愛也有∞！
保羅**3**歲時，媽媽得回學校繼續擔任數學老師。
她不希望保羅發生任何意外，於是找了**1**個人照顧他，
媽媽知道這個人會把保羅照顧得很好，
這個人就是……

家庭教師！

家庭教師的規矩太多了。

那正是問題所在。
保羅討厭規矩。

他討厭人家規定他
什麼時候要坐好，

什麼時候該吃飯，

什麼時候上床睡覺。

可是保羅又能怎麼辦呢？

他無計可施。然而保羅知道等夏天一到,媽媽就可以整天在家陪他了,
100% 的時間都在家。所以他自己學會了數數——他會一直數一直數喔。
接著他開始計算到底還有幾天暑假才會到來,
會數數讓他覺得好過多了。

於是，保羅繼續數數……
同時思考著數字問題。
當保羅 4 歲時，有一天他問了一位客人什麼
時候生日。客人回答了保羅。

那您是哪一年出生的？他問。
客人回答了他。

那麼您是在什麼時間出生的呢？
客人也告訴了他。

保羅想了一下。
然後告訴客人她已經在世界上活了幾秒鐘。

1,009,152,358

保羅喜歡這個把戲。他時常這麼做。

11
10
9
8
7
6
5
4
3
2
1
0

保羅喜歡玩數字遊戲。他會把數字全部加在一起，再一個一個減掉。有一天，他還用一個比較小的數字減掉一個比較大的數字。

他得到的答案小於 0。

一個數字怎麼可能 < 0 呢？

媽媽告訴他，比

零

還要小的數字稱為負數。
保羅覺得這件事真是太酷了。

於是他很肯定自己長大以後要當一位數學家。但是，他必須先處理另一個大問題……

-1
-2
-3
-4
-5
-6
-8
-9
-10
-11

上學！等該上學的時候到了，媽媽當然要把他送到學校去。可是上學這件事跟保羅有點不搭。保羅坐不住。沒一會兒他就會從座位上站起來，在教室裡跑來跑去，不過這樣就違規了。

喔，保羅實在很討厭規矩。他該怎麼解決這個問題呢？

保羅告訴媽媽他再也不要去上學了。
連**1**天都沒辦法，**〇**天也不行。
他好希望他可以讓日子消失──
這樣他的上學日就會是負數了！
他拜託媽媽讓他留在家裡。

還好媽媽是個愛操心的人。
她很煩惱病菌的問題，
擔心保羅去上學時，
會感染可怕的病菌。

所以媽媽幫他解決了困擾，
她說他可以待在家，
只要有……

家庭教師陪著他！

不過就算有家庭教師在，也比去上學好。或許好 **500** 倍……
家庭教師和媽媽為保羅做所有的事。她們

幫他切肉，

幫他把麵包塗上奶油，

幫他換衣服，

還幫他綁鞋帶。

真是太棒了。這就表示保羅可以整天與數字為伍。數字就是他最好的朋友。

他可以永遠信任數字，因為數字永遠都在，而且井然有序。

數字守規則。他不喜歡生活中的規矩，卻喜歡數字裡的規則。

就這樣，保羅 **7** 歲變 **8** 歲，**8** 歲變 **9** 歲。

等保羅 **10** 歲大的時候，他愛上了⋯⋯

他愛上了**質數**。

質數很特別。
除了它們自己和**1**以外，
沒辦法被其他數整除。

最小的質數是**2**，
然而**2**也是質數中唯一的偶數。

其他所有的質數都是奇數。
比如**3**、**5**、**7**都是質數。

不過，並不是所有的奇數都是質數。
9就不是質數，因為**3×3＝9**。

$P = A + 1 = (2 \times 3 \times 5 \times 7 \times 11 \times \ldots \times P_N) + 1$

保羅對質數有許多疑問。
質數會一直一直延伸下去嗎？
質數有沒有規則可循呢？
為什麼數字愈大，兩個質數間的差就愈大？
保羅很喜歡思考有關質數的問題。

13

等年紀再大一點的時候，保羅想去上高中。

現在他比以前喜歡上學 **1,000,000** 倍。
他交了好多朋友，這些與他同齡的朋友們
都熱愛數學，而且也都是數學高手。

保羅和他們一起在布達佩斯的每一個角落研究數學。

　　不過保羅是這群同好中最厲害的。

　　他熱愛成為頂尖的數學高手，

　　　也愛待在塔頂、山頂，

　　　　或者各式各樣建築物的頂端。

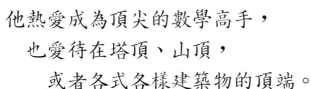

　　　不論他在做什麼，

　　　　不論他去到哪裡，

　　　　　他都在思考著數學。

保羅 **20** 歲時，就已經以數學聞名於世。
人們稱他為「來自布達佩斯的魔術師」。

可是他還是不會……

自己洗衣服，

料理食物，

或者在麵包上塗奶油。

還好這些都不是大問題。
因為他一直都住在家裡，
媽媽會為他做好所有的事。

直到有一天……

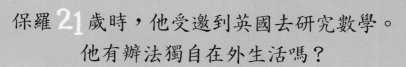

保羅 21 歲時，他受邀到英國去研究數學。
他有辦法獨自在外生活嗎？

他自己搭火車。

他和數學家們碰面，
大家一起去吃晚餐。

每個人都在談話用餐，
保羅卻盯著他的麵包。
他瞪著自己的奶油，
不曉得該怎麼
把奶油塗到麵包上。

最後，他終於拿起刀子，
沾一些奶油，然後塗到麵包上。
咻，好險，他成功了！「沒這麼難嘛！」他說。

雖然保羅會自己在
麵包上塗奶油了，但他
很快就明白自己沒辦法
用一般人的方式
融入這個世界。

他不是那種會煮
飯、打掃、開車，
或者會結婚生子
的人。

他不是那種能住在 1 個地方，
擁有 1 份工作的人。

他是那種隨時隨地
都在算數學的人。
而且他還是不喜歡守規矩。

所以他發明了屬於
自己的生活方式。

19

他是這樣生活的：
保羅會帶著兩個小手提箱上飛機，裡面裝著他
的全部家當——幾件衣服和一些數學筆記本。
他的口袋裡可能有$20塊美金。或者更少。

他從紐約飛到印第安納州
再飛到洛杉磯。他從多倫多
飛越整個世界到澳洲。
「我沒有家。」他如此宣稱。
「世界就是我的家。」

不論他去哪裡,只要一抵達目的地,
相同的事就會發生:

某位數學家會去接他回家。

這位數學家會和保羅一起解題。

保羅會和數學家的孩子
一起玩耍，保羅叫他們
「艾普西龍」(epsilon)。

保羅都是這樣稱呼孩子們，
因為「艾普西龍」在數學裡
代表極微小的數量。

就跟媽媽一樣，全世界的朋友們都會照顧保羅。他們

幫他洗衣服，

煮飯給他吃，

幫他切開葡萄柚，

還幫他付帳單。

不過保羅並不是一位很好應付的客人……

他常常製造混亂……大混亂……
就像有一次他不耐煩的
直接用刀子戳開一盒番茄汁。

而且他會在清晨 4:00 叫醒朋友，
說「我的腦袋已經開工了！」意思是
他準備好要開始研究數學了。

他希望一天有 **19** 個小時可以算數學——而且是每天。

19 小時 x 一週 7 天
= 一週 133 小時

保羅年輕時，曾因為違規而惹上一個大麻煩。當時他爬過圍籬想瞧瞧一座無線電塔，結果就被逮捕了。警方認為他是間諜，連美國聯邦調查局也認定他是間諜，所以他們之後密切跟監他好幾年。

不過他在世界各地的朋友們
為什麼要包容他？照顧他？
叫他保羅叔叔，還愛戴著他呢？

因為保羅・艾狄胥是個天才——而且他不吝於分享他的才智。他幫助人們解決數學問題，還提出了更多待解的難題。另外他還是個數學媒人，介紹全世界的數學家們互相認識，這麼一來他們就可以並肩工作。

保羅知道：

數學家＋數學家
＋數學家＝
更多、更好的數學

保羅和他的朋友們研究出許多很重要的數學理論，像是

數論、
組合學、
機率統計法，還有，
集合論

保羅告訴他的朋友們
如何用更新、更好的
方式演算數學。
他甚至開創了某些
新類型的數學。

保羅和他朋友們的數學研究成果，讓我們有了
更棒的電腦，讓電腦有了更好的搜尋引擎。
也讓間諜們有更高明的密碼可以使用！

保羅叔叔慷慨的與人分享他的才智——
以及他的錢。無論是什麼錢，他只要一到手，
就馬上送出去——送給窮人，
也為尚未解決的數學難題提供解題獎金。

保羅就算很老了，
也還是不斷的在研究數學。

他在下棋的時候
算數學。

在喝咖啡的時候思考數學。
他喝了好多好多的咖啡。

就連和死黨們打乒乓球的時候，
他也在想著數學。

保羅說他永遠不會
停止算數學，而且他
還真的做到了。
保羅說，不算數學，
就等於是死了。

所以保羅在一場
數學研討會中
離開了人世。

直到今天，全世界的數學家們都還在談論著保羅叔叔，也愛戴著保羅叔叔，就連那些與他素未謀面的人也一樣。他們時常談論自己的「艾狄胥數」（簡稱「艾數」）。如果你跟保羅一起研究過數學，那麼你的艾數就是 1。如果你曾跟與保羅合作過的人共事，那麼你的艾數就是 2。大家都為自己的艾數感到驕傲。

G. W. Peck 1

George Grätzer 2

Penny E. Haxell 2

Alan M. Frieze 2

Rudolf Ahlswede 2

Endre Szemerédi 1

Saharon Shelah 1

Ravindran Kannan 2

Lowell Beineke 2

Paul (Pál) Turán 1

Ronald J. Gould 1

Ralph Faudree 1

Steve Butler 2

Gyula Y. Katona

Daniel J. Kleitman 1

Ernst G. Straus 1

Linda Lesniak 2

Andrew Chi-Chih Yao

Albert Einstein 2

Moshe Rosenfeld 1

Brian Alspach

從前從前，有一個非常喜愛數學的男孩。
數字就是他最好的朋友。
他長大以後變成一位熱愛數學的人。
數字與人們都是他最好的朋友，
對保羅・艾狄胥來說，這點無庸置疑。

作者註

我小時候熱愛數學的程度，就跟我熱愛閱讀與寫作的程度一樣，不過等我再大一點，就開始覺得數學應該不是我的領域。所以為什麼我會寫這樣一本，關於一位天才洋溢又非常重要的數學家的故事呢？一切都應該歸功於我的兩個兒子。我的大兒子艾倫從很小就熱愛數學，他會要我們準備數學問題給他玩。有一天，他告訴我們關於這位數學界傳奇人物的故事，他的名字是保羅‧艾狄胥（念作 AIR-dish）。我對這個故事很感興趣，不過當我們的小兒子班雅明（我不覺得他是數學咖）也開始談論保羅‧艾狄胥時，我知道我一定得了解更多有關這號人物的事。後來我愛上了保羅和他的故事。

保羅是個非常獨特的人，他沒辦法用「正規」的方式融入世界，不過他體認到要有美好又充滿意義的生活，就要具備成功的職涯與一大群真心相待的朋友。他慷慨的情操讓人動容。在通常都獨自工作的天才群中，他是天才中的天才。我們對數學家的印象不就是這樣嗎？自己一個人躲在某處的小閣樓裡辛勤工作，在紙上塗寫一堆數字，好避開其他人窺探的眼睛。但保羅認為他不該藏私。他把自己的天賦跟每個人、每個國家分享；他有一位朋友把他形容成散布數學花粉的蜜蜂，到處傳播數學知識。因為他的分享，數學界建立了新的數學領域，數學研究、發現與應用也以倍數不斷增長。保羅讓全世界看到數學也可以既有趣又具有社會價值。如果不是已經有人在舊金山一間教堂的牆面上把他畫成一個聖人，我一定會建議人們這麼做。

寫一本關於保羅‧艾狄胥的繪本是一項挑戰。許多他生命故事中的動人細節都沒辦法收錄進這本書中。舉例來說，我必須略過他生平裡一些悲傷的面向。保羅‧艾狄胥 1913 年 3 月 26 日誕生於布達佩斯。他媽媽在醫院裡待產時，他的兩個姊姊死於猩紅熱。保羅的父母自然深受打擊，媽媽後來告訴他：他的兩位姊姊十分聰慧，甚至比他還更聰明。

保羅三歲時，他爸爸被徵召加入第一次世界大戰。後來他爸爸被俘虜，遭送到西伯利亞的軍營，有整整四年的時間沒辦法回家。也難怪保羅的媽媽安尤嘉會對保羅如此保護！雖然保羅的媽媽是保羅情感生活裡最重要的支柱，但他跟雙親其實都很親近。爸爸教了保羅許多事——他教保羅認識什麼是質數、教會保羅很多其他的數學，還有如何講英文與法文（爸爸在戰爭期間成為戰俘時，自學這兩種語言）。

保羅因為用更精鍊的方式驗證了柴比雪夫定理，而在數學界奠立名聲。有位數學家為了對保羅致敬，編了以下這首有關他的順口溜：「柴比雪夫說過，讓我也跟著再說一遍：瞧瞧 N 與 2N 之間，永遠有個質數擋在中間！」保羅認為所有的數學證明都應該精鍊又簡潔。他喜歡想像有這麼一本書，上帝把所有最精巧的證明都記載在書裡，所以保羅會把特別突出的數學解法稱為「聖書證明」。

1934 年，保羅首度離家到英國的曼徹斯特旅行。他並不想離開歐洲，可是隨著納粹勢力崛起，像保羅和他家人這樣的猶太人都身陷險境。保羅的父母堅持要他在 1938 年前往美國。保羅大部分的親戚都在第二次世界大戰期間被謀害了；他爸爸也在這段時期因自然原因而過世。幸運的是：他的媽媽存活了下來。

1941 年，好奇的保羅攀越一道圍籬，圍籬裡頭有一座無線電塔。適逢戰爭期間，美國人對外國人很不信任。被偵訊時，保羅回答他並沒有看到「禁止跨越」的標誌，因為他正在思考數學。他回答的或許是實話，可是美國政府不這麼認為 。他們認為保羅是間諜。1954 年冷戰期間，保羅想參加在阿姆斯特丹舉行的國際數學家研討會。他必須拿到再進入美國的簽證，才能返回美國。辦事處的官員詢問他時，保羅誠實作答。有些答覆雖然並不犯法（比如他說會在旅途中到匈牙利拜訪媽媽），卻讓移民官認為他對美國造成威脅。他們告訴保羅，如果他離開美國，有可能就沒辦法再獲准入境。儘管如此，保羅還是離開了（保羅依舊不喜歡各種規矩）。後來他有近十年的時間不被准許入境美國。

保羅的媽媽很長壽，雖然他們幾乎終其一生都分隔兩地，但關係始終緊密。有時候媽媽甚至會陪他去參加數學會議。

1996 年 9 月 20 日，保羅在波蘭華沙參加一場數學研討會時過世，不過他的精神一直鼓舞著全世界的數學家。保羅身後留下了一些錢，作為解出未解數學難題的獎金，而且人們也還在持續獲得艾數。

在我撰寫這本書時，還沒有任何人為孩子們（保羅會叫他們「艾普西龍」）寫有關保羅叔叔的書。成人讀者可以閱讀以下兩本很棒的作品，了解更多有關保羅的事：保羅‧霍夫曼《數字愛人：數學奇才保羅‧艾狄胥的故事》還有布魯斯‧柴契特的《不只一點瘋狂：天才數學家艾狄胥傳奇》。另外還有一部很棒的紀錄片叫作《N 是個數字》，這部片我看了很多次。能夠「見見」保羅‧艾狄胥，聽他講話，看看他怎麼與其他人互動，是很棒的經驗，我想你一定會喜歡的。

想要知道更多有關保羅‧艾狄胥的訊息，包括與保羅‧艾狄胥有關的網站連結 ，請造訪我的網頁：DeborahHeiligman.com。你會知道保羅叔叔真的沒離開過我們。

繪者註

在創作這本書的過程中，我不斷嘗試融合數學與藝術的世界，這實在是太有趣了。只要有可能，我便試著把數學的概念或理論融入我的構圖當中，無論是用算式、圖形或數字群的方式呈現。下面是我為本書某些圖像中運用到的數學，所作的詳盡說明，希望所有的數學家們（不論現在或未來的數學家）會享受在書頁中發現它們的驚喜！

保羅・艾狄胥特別喜愛質數。我在研究本書的過程中，發現質數的確十分吸引人。想像一下這些沒辦法被任何更小除數分割的數字！這個概念實在太引人入勝了，所以有研究團隊甚至投注全副心力想找出最大的質數。在這本書完成時，數學家們找出的世界最大質數有 1290 萬位數長，而且當你此刻閱讀到這段文字時，全世界最大的質數可能又變得更大了。這麼大的數字，怎麼可能只能被它自己和 1 整除呢？在這整本書裡，我試著用各式各樣的構圖容納質數的觀念，盡可能讓它們多多現身。

P1 小保羅頭上那些數字是調和質數。

P2-3 保羅正在背誦的那些數字叫做友誼數，意思是兩個數字彼此很有關聯，其中任一個數字的因數總和，會與它的友誼數相等。舉例來說：220 可以被 1、2、4、5、10、11、20、22、44、55 和 110 整除，這些數字加起來等於 284。284 可以被 1、2、4、71 和 142 整除，而把這些數字加起來，就等於 220。我認為這個觀念非常可愛，很適合用來呈現保羅和他深愛的母親之間的關係。

背景是布達佩斯這個城市。建築物上的數字是各種質數，從左到右分別是：二面質數、優質數、雷蘭質數、梅森質數、三元質數、唯一質數、迴文質數、拉馬努金質數、雙邊質數。

P4-5 我作了很多研究，但還是找不到任何跟保羅很凶的家庭教師有關的照片資料，所以我就自己想像她可能的模樣。第五頁小櫃子上照片裡的人是保羅的爸爸，他連不在保羅身邊時，都還是對保羅至關重要。保羅還小的時候，爸爸以戰俘身分被釋放返家，是他灌注了保羅對質數的熱愛。

P8-9 大家都知道，保羅從小只要遇到特別興奮的事就會鼓動雙臂，這種行為一直持續到他的青少年階段，那時他的朋友們常常得對路人解釋保羅的精神沒問題，他只不過正在用力思考。

P10 圖中保羅正在閱讀的是在匈牙利印行，給高中生看的數學雜誌，名叫《中學數學雜誌》(KöMal)。《中學數學雜誌》以文章著稱，但真正吸引學生的是雜誌上的競賽題目。學生們可以把自己的解答寄過去，雜誌會把當中最棒的解答刊登出來。每年年底，雜誌還會把解出最多問題的學生照片登出來。1926 年保羅才十三歲，他的照片就被登在雜誌上，同時被刊登的還有他未來的同事數學家保羅・圖朗和愛斯特・克雷恩。

P11 保羅正在背誦奇數和偶數。他們正經過匈牙利科學院，保羅日後會成為這裡的榮譽會員。

P12-13 保羅的爸爸是第一個對他講解質數概念的人。為了告訴保羅質數可以有無限大，他還解釋了歐幾里得對質數無限延伸的證明，你可以在第十二頁左下角保羅正在寫的算式上看到。右邊的圖表叫做埃拉托斯特尼篩法，是一種找出質數的簡易演算法。作法是畫出一個圖表，列出所有你想試驗的數字，想計算到多大，就列到多大。把最小的質數 2 圈起來，然後把圖表上所有 2 的倍數都劃掉。接下來，留下第二個質數 3，然後劃掉所有 3 的倍數。就這樣一直數下去，下一個沒有被劃掉的數字一定就是接下來的質數。雖然用這種方法很容易找出質數，可是數也數不完！

P14 這頁畫的是保羅和他的朋友保羅・圖朗、愛斯特・克雷恩和喬治・塞凱賴什在無名氏雕像前討論數學的模樣，保羅和朋友們最喜歡在此地會面。保羅指著的算式是他對柴比雪夫定理的精簡論證。簡言之：這個定理是說在任何質數與它的兩倍之間，至少會存在另一個質數。例如質數 2 和它的兩倍 4 之間，存在著另一個質數 3。保羅在非常年輕的時候就找出了這個證明，他努力的成果引起廣大的關注。

P15　保羅和他的朋友們出現在布達佩斯的許多地標中。

內城區教堂屋頂上畫的圖形叫做歐拉的柯尼斯堡地圖，這是個保羅和朋友們苦思過的問題。這個問題的假設是，在每一邊都只能通過一次的條件下，任何人都無法只用一筆畫就完成這個圖形，因為至少有其中一邊會需要通過兩次。

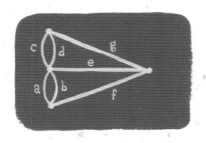

大學圖書館屋頂上的圖形稱做宴會問題，用來描述拉姆西定理。

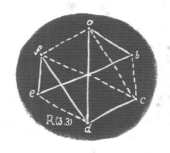

這個問題假設六個人（頂點 a 到 f）受邀參加一場宴會。這六個人當中有的是朋友，有的互不相識。請問：在客人當中，是否一定會有三個人是朋友，另外三個人彼此完全陌生？為了證明這個假設，保羅和朋友們用虛線來代表朋友，用實線代表陌生人。如果你坐下來把這個問題所有的可能性都畫出來，總共會得到 32,768 種不同的組合，任何一個人都不可能單獨完成這樣的嘗試。所以保羅和朋友們決定證明此項假設的方法是，不要畫出完全由實線或虛線組成的三角形。畢竟，一個三角形就證明至少有三個人（圖形上的三個點）彼此是朋友或陌生人。經過數度嘗試後，他們明白不可能不畫出三角形，這樣也就驗證了他們提出的命題。

在山坡上，保羅頭上的算式取自他早期撰寫的一份研究論文。山坡上繪製的圖形叫做塞凱賴什圖形，是由保羅的朋友兼同事數學家喬治・塞凱賴什發現的。

P16　保羅身後的黑板上寫的是部分保羅對以塞・舒爾矩陣三角化定理的證明，這個證明讓舒爾讚揚保羅是「來自布達佩斯的魔術師。」

P18-19　英國的數字理論家路易・喬・模德爾為保羅・艾狄胥爭取到曼徹斯特大學的研究員補助後，1934 年他便到英國旅行。第十八頁畫的是他在抵達曼徹斯特以前，中途停留在劍橋的經過。他見到劍橋大學的數學家哈洛德・戴文波還有他的妻子安（戴紅帽的那位）。圖上畫的其他數學家分別是路易・喬・模德爾、G.H. 哈代 、柯召，還有李察・洛德。

在劍橋期間，保羅出了一個問題考他的新朋友們：一個正方形能不能被切割成許多個面積不同的較小正方形呢？保羅認為答案是不可能。好幾位數學家接受了這項挑戰，而日後的數學家證明保羅的答案是錯的。第十九頁畫的就是其中一種解答，是由 A. J. W. 杜分斯汀在 1978 年發現的。

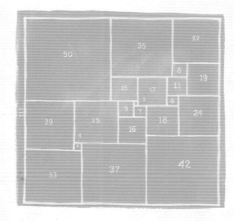

P20-21　頁面上列的算式是艾狄胥相異距離問題的部分結果，這個問題提出平面上的相異 n 個點之間，至少存在 $n^{1-o(1)}$ 種相異距離。　頁面上畫出更多由保羅和朋友們提出的圖形問題。

P22　和保羅坐在一起的數學家是斯塔尼斯拉夫・烏拉姆，他對熱核武器與核脈衝推進的研究貢獻卓著。烏拉姆的女兒克萊兒是保羅旅行中的許多玩伴之一。保羅最愛秀的一個把戲，是把一枚銅板或一個藥罐從半空中往下丟，然後在東西還沒掉到地上前很快的接住。他一直到年紀很大的時候，都還有辦法靈活的表演這項拿手把戲，逗得他面前的孩子非常開心。

P23　圖上的數學家們依順時針方向分別是保羅・圖朗、艾爾佛瑞德・蘭伊、葛立恆，還有金芳蓉。

P24-25　左上的數學家是賈諾・帕克，他在保羅・雷夫曼撰寫的《數字愛人：數學奇才保羅・艾狄胥的故事》中，回憶番茄汁這段軼事。下圖描繪的是數學家摩西・羅森菲爾德，他告訴我有時候保羅就是這樣叫他起床。第二十五頁《紐約郵報》頭條上的文字確

實是當時報紙上的標題，不過畫面是我杜撰的。

P27 這一頁上畫的數學家們依順時針方向分別是保羅・艾狄胥、安嘉斯・茲瑪瑞迪、喬治與愛斯特・塞凱賴什、馬文・納參森、賈洛史列夫・涅斯崔爾、拉斯洛・拉維茲、貝拉・波羅巴斯、丹尼爾・克萊曼、彼得・法蘭克、沃特奇・洛蒂、金芳蓉、葛立恆、喬・史班瑟，還有維拉・索斯。

P28 左上角保羅把錢送給乞討者的畫面來自 D.G. 拉爾曼的描述，他說：「艾狄胥來訪一年。拿到第一個月的薪水時，他在尤斯頓車站遇見一個乞討的人，那個人向他要一杯茶的錢。艾狄胥從他的薪水袋裡拿出一點點生活費，把其他的錢全都給了那個乞討者。」
　　跟保羅一起打乒乓球的數學家是拉斯洛・拉維茲。

P29 「PG OM LD AD LD CD」指的是保羅在演講時，常常用來描述自己的玩笑話。這些字母的縮寫表示「（我）這個偉大又可憐的老人依靠死氣沉沉的考古學發現過活，在法律上已經死了，實際上也等於死了。」("Poor Great Old Man Living Dead Archaeological Discovery, Legally Dead, Counts Dead.")

P30-31 我在為本書作研究的過程中碰巧發現一幅由葛立恆繪製的草圖（如下）。這幅圖畫讓艾數具體化，也使保羅・艾狄胥成為數學界的傳奇教主。我認為這件事非常動人，這位終其一生把所有心力都奉獻給數學的人，竟然成為這樣一個複雜圖形的中心，這幅草圖啟發了我畫出這兩頁的圖。

P32-33 這裡的所有建築物上都畫滿了質數。孩子們 T 恤上的圖案畫的是象徵微量的艾普西龍符號。

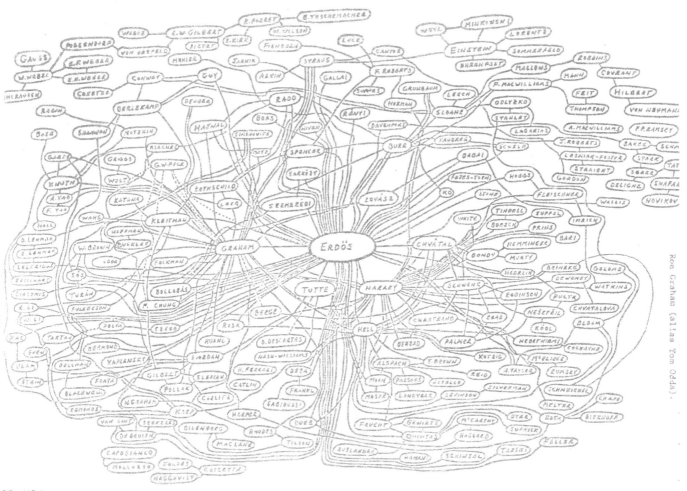

Ron Graham (alias Tom Odda).

© Ronald Graham

作者致謝詞

我要對以下保羅的朋友們致上數不盡的深深感謝，是他們與我分享才智與回憶：葛立恆、維拉‧索斯、金芳蓉、安德魯‧沃德、賈諾‧帕克、雷夫‧佛德列、傑洛姆‧葛洛斯曼、普拉薩德‧鐵達利、理查‧謝爾普、艾歐娜‧杜米丘、西摩‧本澤，還有黛比‧哥蘭。我要特別感謝喬‧史班瑟，他是一位心地很好又聰明絕頂的數學家，他的艾數是1！他能協助我撰寫與修訂本書是身為一位作家夢寐以求的事。前「艾普西龍」芭比‧本澤與我分享她的回憶還有相片，尤其是她對保羅的愛。我特別感謝的人還包括班雅明中學的數學老師史考特‧柯洛奇斯基，他為這本書已經至少等了 3×3.14 年！還要謝謝佛洛依德‧葛蘭借我他的書和他的數學頭腦。謝謝喬治‧希塞利拍攝了《N是個數字》這部電影，還與我分享拍下來卻被剪掉的片段。謝謝瑪莎‧皮奇把她位在伊頓別墅後花園的工作室借我用，那間房間散發的創作能量幫我完成這本書的多次草稿。很感激南西‧佛瑞斯頓早有先見之明，也謝謝史蒂夫‧梅澤與黛博拉‧布洛蒂對這個計畫辛苦的付出。遺憾的是，黛博拉已經離開這個世界，沒辦法看到《熱愛數學的男孩》付梓。謝謝我的編輯迪和德‧朗居藍，是他用充滿慈愛的雙手牽引本書前行。也感謝安‧德貝爾，她的遠見引導著我們所有人，還要謝謝賽門‧波頓為大家掌舵。對范雷韻獻上無盡的感謝，謝謝她聰明又充滿藝術的心靈，也謝謝她對這個計畫熱切的付出。此外，假如沒有班雅明‧威納和我的數學咖們艾倫‧威納以及傑洛姆‧威納，我絕對不可能完成這本書。同時，我也很感謝我的丈夫強納森‧威納，他並不是數學人，可是永遠慷慨與我分享他的智慧。謝謝肯‧萊特，為了一切的一切。最後，我要謝謝保羅‧艾狄胥本人，他的生命就是一個精鍊的論證，永遠永遠都會被列在「那本書」裡。

繪者致謝詞

在為本書繪圖的過程中，我必須尋求許多人的協助，包括數學領域與其他領域。作者致謝詞中已經提到其中許多人。我要特別感謝葛立恆，我跟他通了無數的電話與電子郵件，他對我無盡的包容。他提供了第二十九頁黑板上的算式，還畫了一張草圖給我，這張草圖給了我靈感創造出第三十至三十一頁上的作品。不過，葛立恆更大的貢獻是讓我明白保羅叔叔對人的關懷，我在描繪本書時極力試圖傳達這種精神。也謝謝喬治‧希塞利花了一整個上午陪我一起審閱我的圖，並且與我分享他其他計畫中的靈感來源。謝謝茉莉安娜‧帕克不畏嚴寒，陪我在東歐淒冷的二月走訪布達佩斯。也謝謝布萊恩‧費歐拉從布達佩斯作的衛星研究。當然，要感謝黛博拉‧海麗曼寫出了這個故事，這是我所有的童書插畫作品中最具有挑戰性、收穫也最豐碩的一本書。還要謝謝 Roaring Brook 出版公司所有的工作同仁（你們知道我在講誰），是你們毫無怨言，耐心等待我完成這本書，我真的感激不盡。我還要對安‧德貝爾獻上最特別的感謝，那時可能沒有其他人想像我能為這個計畫盡一己之力（就連我自己都沒想到），是你預先想到了我，還允許我獨立創作，自由發揮……

獻給札克瑞‧威納，他發明了自己特別的生活方式
—D.H.
容我將本書謙卑的獻給安‧德貝爾
—L.P.

iREAD

熱愛數學的男孩：保羅‧艾狄胥不可思議的生命歷程

文　　字	黛博拉‧海麗曼
繪　　圖	范雷韻
譯　　者	黃筱茵
責任編輯	郭心蘭

發 行 人	劉振強
出 版 者	三民書局股份有限公司
地　　址	臺北市復興北路 386 號 (復北門市)
	臺北市重慶南路一段 61 號 (重南門市)
電　　話	(02)25006600
網　　址	三民網路書店 https://www.sanmin.com.tw

出版日期	初版一刷 2016 年 5 月
	初版二刷 2022 年 4 月
書籍編號	S858101
I S B N	978-957-14-6141-0

THE BOY WHO LOVED MATH: The Improbable Life of Paul Erdos
by Deborah Heiligman and Illustrated by LeUyen Pham
Text copyright © 2013 by Deborah Heiligman
Illustrations copyright © 2013 by LeUyen Pham
Published by arrangement with Roaring Brook Press, a division of Holtzbrinck
Publishing Holdings Limited Partnership. All rights reserved.
Chinese translation right © 2016 by San Min Book Co., Ltd.

小山丘官網

347 59 173

331

47 37

29

569

7

71

131

53 521